海　子　诗　选

朗读版

你来人间一趟，
你要看看太阳

湖南文艺出版社
HUNAN LITERATURE AND ART PUBLISHING HOUSE　博集天卷
CS-BOOKY

海　子／著

出版说明

2019 年 3 月 26 日，诗人海子离开尘世 30 年整。

30 年，比他来人间一趟的时间还要长。30 年过去了，我们为什么还在读海子？

因为时间可以带走故事与记忆，却带不走对爱与美的追求。速朽的是肉体，不朽的是被称为诗的灵魂。

所以，我们想要在这个春天，邀请每一位深爱着或者终将爱上一个诗人的朋友，打开这本书，读一读海子。用眼睛读，用心读，也用你走进诗之国度时不吝报以赞美的声音读，在唇齿和韵律间体会诗歌最初的悸动，让无数低回的倾诉汇成声浪，那是新芽破土时震耳的巨响。

就像他在最后一首诗中说的那样：春天，十个海子全部复活。

为此，我们从海子的所有诗作中选出 100 首抒情诗，每首诗的篇幅都不算长。这些饱含情绪又收放自如的作品，我们是否可以猜测：或许诗人落笔之时，也曾在口中咀嚼唱诵，具象了心中澎湃激荡？

那么你是否愿意也把它们朗读出来，多一种接近诗、接近海子的方式？

在每首诗的右下角，我们放置了一个二维码，如果你愿意扫码打开，会听到我们准备的"领读版声音"。它是我们的一个朗读尝试，但不是我们交给诗人的答案，而只是给你的一个示例和引子。我们更想听到的是你的声音。

愿你能在朗读中有所得。愿你能在诗中有所得。即使没有，也愿你爱上海子。

扫码听全集

目录

01

谁在美丽的早晨，谁在这一首诗中

02

你来人间一趟，你要看看太阳

03

秋夜美丽，使我旧情难忘

04

美丽在草原上，枕着鹿头

05

你迎面走来，冰消雪融

06

单翅鸟，为什么要飞呢？

海　子　诗　选

谁在美丽的早晨，

谁在这一首诗中

献诗
——给 S

谁在美丽的早晨
谁在这一首诗中

谁在美丽的火中　飞行
并对我有无限的赠予

谁在炊烟散尽的村庄
谁在晴朗的高空

天上的白云
是谁的伴侣

谁身体黑如夜晚　两翼雪白
在思念　在鸣叫

谁在美丽的早晨
谁在这一首诗中

中午

中午是一丛美丽的树枝
中午是一丛眼睛画成的树枝
看着你

看着你从门前走过
或是走进我的门

走进门
你在

你在一生的情义中
来到
落下布帆
仿佛水面上我握住你的手指

（手指
是船）
心上人
爱着，第一次
都很累，船
泊在整个清澈的中午

"你喝水吧
我给你倒了
一碗水"

写字间里
中午是一丛眼睛画成的
看着你

海子小夜曲

以前的夜里我们静静地坐着
我们双膝如木
我们支起了耳朵
我们听得见平原上的水和诗歌
这是我们自己的平原，夜晚和诗歌

如今只剩下我一个
只有我一个双膝如木
只有我一个支起了耳朵
只有我一个听得见平原上的水
　　诗歌中的水
在这个下雨的夜晚
如今只剩下我一个
为你写着诗歌
这是我们共同的平原和水
这是我们共同的夜晚和诗歌

是谁这么说过　　海水
要走了　　要到处看看
我们曾在这儿坐过

爱情故事

两个陌生人
朝你的城市走来

今天夜晚
语言秘密前进
直到完全沉默

完全沉默的是土地
传出民歌沥沥
淋湿了
此心长得郁郁葱葱

两个猎人
向这座城市走来
向王后走来
身后哒姆哒姆
迎亲的鼓
代表无数的栖息与抚摸

两个陌生人
从不说话
向你的城市走来
是我的两只眼睛

海上婚礼

海湾
蓝色的手掌
睡满了沉船和岛屿
一对对桅杆
在风上相爱
或者分开

风吹起你的
头发
一张棕色的小网
撒满我的面颊
我一生也不想挣脱

或者如传说那样
我们就是最早的
两个人
住在遥远的阿拉伯山崖后面
苹果园里
蛇和阳光同时落入美丽的小河
你来了
一只绿色的月亮
掉进我年轻的船舱

新娘

故乡的小木屋、筷子、一缸清水
和以后许许多多日子
许许多多告别
被你照耀

今天
我什么也不说
让别人去说
让遥远的江上船夫去说
有一盏灯
是河流幽幽的眼睛
闪亮着
这盏灯今天睡在我的屋子里

过完了这个月，我们打开门
一些花开在高高的树上
一些果结在深深的地下

主人

你在渔市上
寻找下弦月
我在月光下
经过小河流

你在婚礼上
使用红筷子
我在向阳坡
栽下两行竹

你的夜晚
主人美丽
我的白天
客人笨拙

得不到你

得不到你
我用河水做成的妻子
得不到你
我的有弱点的妇女

得不到你
妻子滑动河水
情意泥沙俱下

其余的家庭成员俯伏在锅勺上
得不到你
有弱点的爱情

我们确实被太阳烤焦，秋天内外
我不能再保护自己
我不能再
让爱情随便受伤

得不到你
但我同时又在秋天成亲
歌声四起

房屋

你在早上
碰落的第一滴露水
肯定和你的爱人有关
你在中午饮马
在一枝青丫下稍立片刻
也和她有关
你在暮色中
坐在屋子里，不动
还是与她有关

你不要不承认

巨日消隐，泥沙相合，狂风奔起
那雨天雨地哭得有情有意
而爱情房屋温情地坐着
遮蔽母亲也遮蔽儿子

遮蔽你也遮蔽我

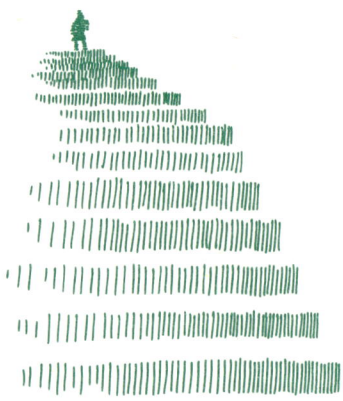

北方门前

北方门前
一个小女人
在摇铃

我愿意
愿意像一座宝塔
在夜里悄悄建成

晨光中她突然发现我
她眺起眼睛
她看得我浑身美丽

葡萄园之西的话语

也好
我感到
我被抬向一面贫穷而圣洁的雪地
我被种下，被一双双劳动的大手
仔仔细细地种下

于是，我感到所罗门的帐幔被一阵南风掀开
所罗门的诗歌
一卷卷
滚下山腰
如同泉水
打在我脊背上

涧中黑而秀美的脸儿
在我的心中埋下。也好
我感到我被抬向一面贫穷而圣洁的雪地
你这女子中极美丽的，你是我的棺材，我是你的棺材

半截的诗

你是我的
半截的诗
半截用心爱着
半截用肉体埋着
你是我的
半截的诗
不许别人更改一个字

爱情诗集

坐在烛台上
我是一只花圈
想着另一只花圈
不知道何时献上
不知道怎样安放

遥远的路程

雨水中出现了平原上的麦子
这些雨水中的景色有些陌生
天已黑了，下着雨
我坐在水上给你写信

给 B 的生日

天亮我梦见你的生日
好像羊羔滚向东方
——那太阳升起的地方

黄昏我梦见我的死亡
好像羊羔滚向西方
——那太阳落下的地方

秋天来到,一切难忘
好像两只羊羔在途中相遇
在运送太阳的途中相遇
碰碰鼻子和嘴唇
——那友爱的地方
那秋风吹凉的地方
那片我曾经吻过的地方

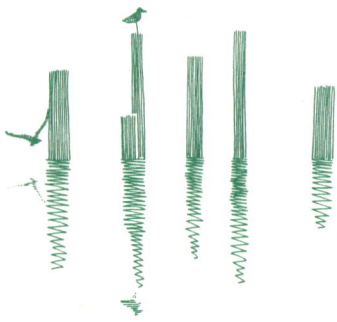

给安庆

五岁的黎明
五岁的马
你面朝江水
坐下

四处漂泊
向不谙世事的少女
向安庆城中神不定的姨妹
打听你，谈论你

可能是妹妹　　·
也可能是姐姐
可能是姻缘
也可能是友情

七月不远
——给青海湖，请熄灭我的爱情

七月不远
性别的诞生不远
爱情不远——马鼻子下
湖泊含盐

因此青海不远
湖畔一捆捆蜂箱
使我显得凄凄迷人：
青草开满鲜花

青海湖上
我的孤独如天堂的马匹
（因此，天堂的马匹不远）

我就是那个情种：诗中吟唱的野花
天堂的马肚子里唯一含毒的野花
（青海湖，请熄灭我的爱情！）

野花青梗不远，医箱内古老姓氏不远
（其他的浪子，治好了疾病
已回原籍，我这就想去见你们）

因此跋水涉水死亡不远
骨骼挂遍我身体
如同蓝色水上的树枝

啊，青海湖，暮色苍茫的水面
一切如在眼前！

只有五月生命的鸟群早已飞去
只有饮我宝石的头一只鸟早已飞去
只剩下青海湖，这宝石的尸体
　　　　　　　　暮色苍茫的水面

长发飞舞的姑娘（五月之歌）

玫瑰谢了，玫瑰谢了
如早嫁的姐妹飘落，飘落四方
我红色的姐姐，我白色的妹妹
大地和水挽留了她们　熄灭了她们
她们黯然熄灭，永远沉默却是为何？
姐妹们，你们能否告诉我
你们永久的沉默是为了什么

长发飞舞的黑眼睛姑娘
不像我的姐姐　也不像妹妹
不似早嫁的姐妹迟迟不归

如今我坐在街镇的一角
为你歌唱，远离了五谷丰盛的村庄

海 子 诗 选

02

你来人间一趟，
你要看看太阳

夏天的太阳

夏天
如果这条街没有鞋匠

我就打赤脚
站到太阳下看太阳

我想到在白天出生的孩子
一定是出于故意

你来人间一趟
你要看看太阳

和你的心上人
一起走在街上

了解她
也要了解太阳

（一组健康的工人
正午抽着纸烟）

夏天的太阳
太阳

当年基督入世
也在这阳光下长大

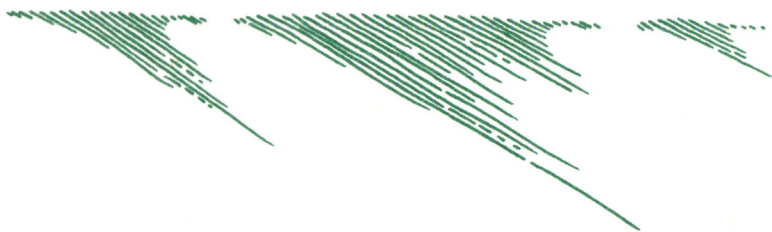

活在珍贵的人间

活在这珍贵的人间
太阳强烈
水波温柔
一层层白云覆盖着
我
踩在青草上
感到自己是彻底干净的黑土块

活在这珍贵的人间
泥土高溅
扑打面颊
活在这珍贵的人间
人类和植物一样幸福
爱情和雨水一样幸福

十四行：王冠

我所热爱的少女
河流的少女
头发变成了树叶
两臂变成了树干

你既然不能做我的妻子
你一定要成为我的王冠
我将和人间的伟大诗人一同佩戴
用你美丽的叶子缠绕我的竖琴和箭袋

秋天的屋顶　　时间的重量
秋天又苦又香
使石头开花　　像一顶王冠

秋天的屋顶又苦又香
空中弥漫着一顶王冠
被劈开的月桂和扁桃的苦香

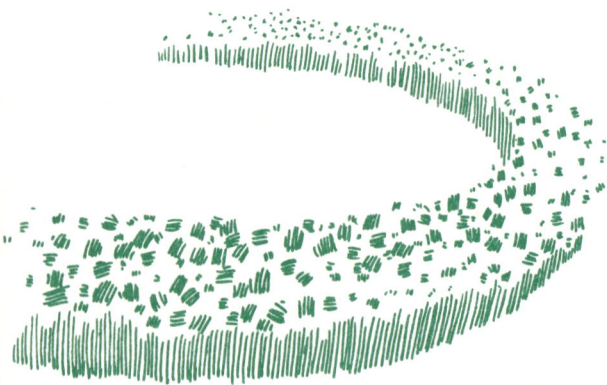

十四行：玫瑰花园

明亮的夜晚
我来到玫瑰花园
我脱下诗歌的王冠
和沉重的土地的盔甲

玫瑰花园　玫瑰花园
我们住在绝色美人的身旁　仿佛住在月亮上
我们谈论佛光中显出的美丽身影
和雪水浇灌下你的美丽的家园

我们谈到但丁　和他永恒的贝亚德丽丝
以及天国、通往那儿永恒的天路历程
四川，我诗歌中的玫瑰花园
那儿诞生了你——像一颗早晨的星那样美丽

明亮的夜晚　多么美丽而明亮
仿佛我们要彻夜谈论玫瑰直到美丽的晨星升起。

孤独的东方人

孤独的东方人第一次感到月光遍地
月亮如轻盈的野兽
踩入林中
孤独的东方人第一次随我这月亮爬行

（爱人像一片叶子完整地藏在树上
正是她只身随我进入河流）

爬行中
不能没有
一路思念
让我谢谢你，几番追逐之后
爱情远遁心中
让我在树下和夜晚对面而坐

（爱人说孩子

孩子是

落入怀中的阳光

哇哇大哭）

于是

孤独的东方人开口闭口之间

太阳已出

我爬行只求：

孩子平安

我爬行只求：人爱我心

历史

我们的嘴唇第一次拥有
蓝色的水
盛满陶罐
还有十几只南方的星辰
火种
最初忧伤的别离

岁月呵

你是穿黑色衣服的人
在野地里发现第一枝植物
脚插进土地
再也拔不出
那些寂寞的花朵
是春天遗失的嘴唇

岁月呵，岁月

公元前我们太小
公元后我们又太老
没有人见到那一次真正美丽的微笑
那我还是举手敲门
带来的象形文字
撒落一地

岁月呵
岁月

到家了
我缓缓摘下帽子
靠着爱我的人
合上眼睛
一座古老的铜像坐在墙壁中间
青铜浸透了泪水

岁月呵

写给脖子上的菩萨

呼吸，呼吸
我们是装满热气的
两只小瓶
被菩萨放在一起

菩萨是一位很愿意
帮忙的
东方女人
一生只帮你一次

这也足够了
通过她
也通过我自己
双手碰到了你，你的

呼吸

两片抖动的小红帆
含在我的唇间
菩萨知道
菩萨住在竹林里
她什么都知道
知道今晚
知道一切恩情
知道海水是我
洗着你的眉
知道你就在我身上呼吸
呼吸

菩萨愿意
菩萨心里非常愿意
就让我出生
让我长成的身体上
挂着潮湿的你

莲界慈航

七叶树下
九根香
照见菩萨的
第一次失恋

你盘坐莲花

女友像鱼
游过钟的身边
我警告你
要假设一个情人

莲花轻轻摇动

你不需要香火
你知道合掌无用
没有一位好心肠的男青年
偷偷送来鞋子

你盘坐莲花

对面墙壁上
爱情是两只老虎
如果你愿意
爱情确实是老虎

莲花轻轻摇动

跳伞塔

我在一个北方的寂寞的上午
一个北方的上午
思念着一个人

我是一些诗歌草稿
你是一首诗

我想抱着满山火红的杜鹃花
走入静静的跳伞塔

我清楚地意识到
前面就是一条大河
和一个广大的北方平原

美丽总是使我沉醉

已经有人
开始照耀我
在那偏僻拥挤的小月台上
你像星星照耀我的路程

在这座山上
为什么我只看见这么一棵
美丽的杜鹃？

我只看见过这么一棵
果然火红而美丽

我在这个夜晚
我住在山腰
房子里
我的面前充满了泉水
或溪涧之水的声音

静静的跳伞塔
心醉的屋子　你打开门
让我永远在这幸福的门中

北方　那片起伏的山峰
远远的
只有九棵树

眺望北方

我在海边为什么却想到了你
不幸而美丽的人　我的命运
想起你　我在岩石上凿出窗户
眺望光明的七星
眺望北方和北方的七位女儿
在七月的大海上闪烁流火

为什么我用斧头饮水　饮血如水
却用火热的嘴唇来眺望
用头颅上鲜红的嘴唇眺望北方
也许是因为双目失明

那么我就是一个盲目的诗人
在七月的最早几天
想起你　我今夜跑尽这空无一人的街道
明天，明天起来后我要重新做人
我要成为宇宙的孩子　世纪的孩子
挥霍我自己的青春
然后放弃爱情的王位
　　　去做铁石心肠的船长

走遍一座座喧闹的都市
　　　我很难梦见什么
除了那第一个七月，永远的七月
七月是黄金的季节啊
当穷苦的人在渔港里领取工钱
我的七月萦绕着我，像那条爱我的孤单的蛇
——她将在痛楚苦涩的海水里度过一生

秋天的祖国
—— 致毛泽东，他说"一万年太久"

一万次秋天的河流拉着头颅　犁过烈火燎烈的城邦
心还张开着春天的欲望滋生的每一道伤口

秋雷隐隐　圣火燎烈
神秘的春天之火化为灰烬落在我们的脚旁

携带一只头盖骨嗑嗑作响的囚徒
让我把他的头盖制成一只金色的号角　在秋天吹响

他称我为青春的诗人　爱与死的诗人
他要我在金角吹响的秋天走遍祖国和异邦

从新疆到云南　坐上十万座大山

秋天　如此遥远的群狮　相会在飞翔中

飞翔的祖国的群狮　携带着我走遍圣火燎烈的城邦
如今是秋风阵阵　吹在我暮色苍茫的嘴唇上

土地表层　那温暖的信风和血滋生的种种欲望
如今全要化为尸首和肥料　金角吹响
如今只有他　宽恕一度喧嚣的众生
把春天和夏天的血痕从嘴唇上抹掉
大地似乎苦难而丰盛

祖国（或以梦为马）

我要做远方的忠诚的儿子
和物质的短暂情人
和所有以梦为马的诗人一样
我不得不和烈士和小丑走在同一道路上

万人都要将火熄灭　我一人独将此火高高举起
此火为大　开花落英于神圣的祖国
和所有以梦为马的诗人一样
我藉此火得度一生的茫茫黑夜

此火为大　祖国的语言和乱石投筑的梁山城寨
以梦为上的敦煌——那七月也会寒冷的骨骼
如雪白的柴和坚硬的条条白雪　横放在众神之山
和所有以梦为马的诗人一样
我投入此火　这三者是囚禁我的灯盏　吐出光辉

万人都要从我刀口走过　去建筑祖国的语言
我甘愿一切从头开始
和所有以梦为马的诗人一样
我也愿将牢底坐穿

众神创造物中只有我最易朽　带着不可抗拒的死亡
　　的速度
只有粮食是我珍爱　我将她紧紧抱住　抱住她　在
　　故乡生儿育女
和所有以梦为马的诗人一样
我也愿将自己埋葬在四周高高的山上　守望平静家园

面对大河我无限惭愧
我年华虚度　空有一身疲倦
和所有以梦为马的诗人一样
岁月易逝　一滴不剩　水滴中有一匹马儿一命归天

千年后如若我再生于祖国的河岸
千年后我再次拥有中国的稻田　　和周天子的雪山
　　天马赐踏
和所有以梦为马的诗人一样
我选择永恒的事业

我的事业　　就是要成为太阳的一生
他从古到今——"日"——他无比辉煌无比光明
和所有以梦为马的诗人一样

最后我被黄昏的众神抬入不朽的太阳

太阳是我的名字
太阳是我的一生
太阳的山顶埋葬　诗歌的尸体——千年王国和我
骑着五千年凤凰和名字叫"马"的龙——我必将失败
但诗歌本身以太阳必将胜利

重建家园

在水上　放弃智慧
停止仰望长空
为了生存你要流下屈辱的泪水
来浇灌家园

生存无须洞察
大地自己呈现
用幸福也用痛苦
来重建家乡的屋顶

放弃沉思和智慧
如果不能带来麦粒
请对诚实的大地
保持缄默　和你那幽暗的本性

风吹炊烟
果园就在我身旁静静叫喊
"双手劳动
　　慰籍心灵"

面朝大海，春暖花开

从明天起，做一个幸福的人
喂马，劈柴，周游世界
从明天起，关心粮食和蔬菜
我有一所房子，面朝大海，春暖花开

从明天起，和每一个亲人通信
告诉他们我的幸福
那幸福的闪电告诉我的
我将告诉每一个人

给每一条河每一座山取一个温暖的名字
陌生人，我也为你祝福
愿你有一个灿烂的前程
愿你有情人终成眷属
愿你在尘世获得幸福
我只愿面朝大海，春暖花开

海　子　诗　选

秋夜美丽，
使我旧情难忘

九首诗的村庄

秋夜美丽
使我旧情难忘
我坐在微温的地上
陪伴粮食和水
九首过去的旧诗
像九座美丽的秋天下的村庄
使我旧情难忘

大地在耕种
一语不发，住在家乡
像水滴、丰收或失败
住在我心上

昌平柿子树

柿子树
镇子边的柿子树

枝叶稀疏的秋之树
我只能站在路口望着她

在镇子边的小村庄
有两棵秋天的柿子树

柿子树下
不是我的家

秋之树
枝叶稀疏的秋之树

在昌平的孤独

孤独是一只鱼筐
是鱼筐中的泉水
放在泉水中

孤独是泉水中睡着的鹿王
梦风的猎鹿人
就是那用鱼筐提水的人

以及其他的孤独
是柏木之舟中的两个儿子
和所有女儿，围着诗经桑麻沅湘木叶
在爱情中失败
他们是鱼筐中的火苗
沉到水底

拉到岸上还是一只鱼筐
孤独不可言说

北斗七星　七座村庄
——献给萍水相逢的额济纳姑娘

村庄　水上运来的房梁　漂泊不定
还有十天　我就要结束漂泊的生涯
回到五谷丰盛的村庄　废弃果园的村庄
村庄　是沙漠深处你所居住的地方　额济纳！

秋天的风早早地吹　秋天的风高高地吹
静静面对额济纳
白杨树下我吹灭你的两只眼睛
额济纳　大沙漠上静静的睡

额济纳姑娘　我黑而秀美的姑娘
你的嘴唇在诉说　在歌唱
五谷的风儿吹过骆驼和牛羊
翻过沙漠　你是镇子上最令人难忘的姑娘

九寨之星

很久很久的一盏灯
很久很久以前女神点亮的一盏灯
落满岁月尘土的一盏灯
当她面对湖水
女神的镜子中
变成了两盏
那就是你的一双眼睛
柔似湖水　亮如光明

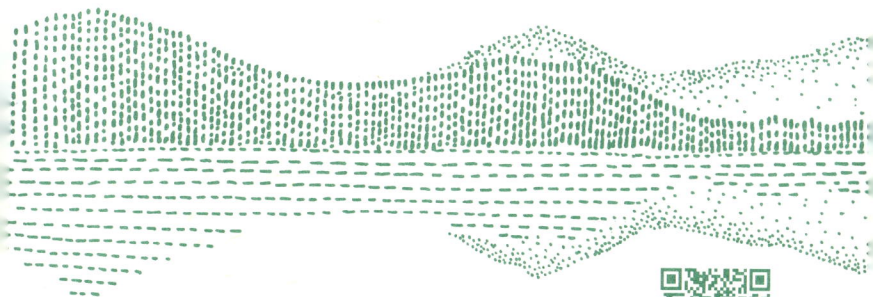

青海湖

这骄傲的酒杯
为谁举起
荒凉的高原

天空上的鸟和盐　为谁举起

波涛从孤独的十指退去
白鸟的岛屿，儿子们围住
在相距遥远的肮脏镇上。

一只骄傲的酒杯
青海的公主　请把我抱在怀中
我多么贫穷，多么荒芜，我多么肮脏
一双雪白的翅膀也只能给我片刻的幸福

我看见你从太阳中飞来
蓝色的公主　青海湖
我孤独的十指化为天空上雪白的鸟

在大草原上预感到海的降临

我的双手触到草原，
黑色孤独的夜的女儿。

我为我自己铺下干草
夜的女儿，我也为你。

牧羊女打开自己——
一只黑色的羊
蹲伏在你的腹部。

多么温暖的火红的岩石
多么柔软地躺在马车上
月亮形的马，进入了海底。

一夜之间，草原是如此遥远，如此深厚，如此神秘。
海也一样。
一夜之间，
草贴着地长，
你我都是草中的羊。

黄金草原

草原上的羊群
在水泊上照亮了自己
像白色温柔的灯
睡在男人怀抱中

而牧羊人来自黄金草原
头颅像一颗树根
把羊抱进谷仓里
然后面对黄金和酒杯
称呼你为女人

女人，我知心的朋友
风吹来风吹去
你如星的名字
或者羊肉的腥

你在山崖下睡眠
七只绵羊七颗星辰
你含在我口中似雪未化
你是天空上的羊群

西藏

西藏，一块孤独的石头坐满整个天空
没有任何夜晚能使我沉睡
没有任何黎明能使我醒来

一块孤独的石头坐满整个天空
他说：在这一千年里我只热爱我自己

一块孤独的石头坐满整个天空
没有任何泪水使我变成花朵
没有任何国王使我变成王座

雪

千辛万苦回到故乡
我的骨骼雪白　也长不出青稞

雪山，我的草原因你的乳房而明亮
冰冷而灿烂

我的病已好
雪的日子　我只想到雪中去死
我的头顶放出光芒！

有时我背靠草原
马头作琴　马尾为弦
戴上喜马拉雅　这烈火的王冠

有时我退回盆地，背靠成都
人们无所事事，我也无所事事，
只有爱情　剑　马的四蹄

割下嘴唇放在火上
大雪飘飘
不见昔日肮脏的山头
都被雪白的乳房拥抱
深夜中　火王子　独自吃着石头　独自饮酒

日记

姐姐，今夜我在德令哈，夜色笼罩
姐姐，我今夜只有戈壁

草原尽头我两手空空
悲痛时握不住一颗泪滴
姐姐，今夜我在德令哈
这是雨水中一座荒凉的城

除了那些路过的和居住的
德令哈……今夜
这是唯一的，最后的，抒情。
这是唯一的，最后的，草原。

我把石头还给石头
让胜利的胜利
今夜青稞只属于她自己
一切都在生长
今夜我只有美丽的戈壁　空空
姐姐，今夜我不关心人类，我只想你

04

美丽在草原上,
枕着鹿头

燕子和蛇(组诗)

1. 离合

美丽在春天
疼成草叶

一种三节的草
爱你成病

美丽在天上
鸟是拖鞋

长草的拖鞋
嘴埋在水里

美丽在水里
鱼是草的棺材

一种草
一种心尖上的草

美丽在草原上
枕着鹿头

2. 三位姑娘
——写给莱蒙托夫不幸的爱情

我看见
莱蒙托夫的旧报纸上
三只燕子
三只肉体的燕子
使我的灯光
受伤

用手指推推
不醒的
你自己
扶着自己
像扶着一匹笨马
用手指推推身边的燕子：我不是

灯，我是火灾

燕子交叉地
穿过
诗人的胳膊
落入家具的间间新房
只当诗人就是笨马
过早地死在□上

3. 包谷地

丑女人脊背上有条条花蛇
花蛇滑下，她就坐在那儿繁殖包谷
幸福又痛苦
我要说
没有男人能配得上她

丑女人脊背上有种种命运
命运降临，她只坐在那儿繁殖包谷
河水泛滥流过无数美丽的女人
我要说
没有女人能比得上她

4. 母亲的姻缘

一碗泥
一碗水
半截木梳插在地上
母亲的姻缘
真是好姻缘

村庄，村庄
木桶中女婴摇晃
村庄，村庄
母亲的姻缘
真是好姻缘

鱼尾之上
灯盏敲门
一团泥巴走进屋来
母亲的姻缘
真是好姻缘

白鱼流过
桃树树根
嘴唇碰破在桃花上
母亲的姻缘
真是好姻缘

秤杆上天空的星星压住
半两土
半两雪
母亲的姻缘
真是好姻缘

她沉在何方
谁也不清楚
村庄中一枚痛苦的小戒指
母亲的姻缘
真是好姻缘

5. 手

离开劳动
和爱情，我的手
变成自我安慰的狗
这两只狗
一样的
孤独
在我脸上摸索
擦掉眼泪
这是不是我的狗
是不是我最后的家乡的狗？

6. 鱼

村民像牛一样撞进屋子，亲他的妻子
又数着
十二粒麦种
内陆深处
我跪在一条鱼身上
整个村庄是我的儿子

再长的爱情也不算久
噢你刚好被我想起
我在鱼身上写下少女的名字
一边询问一边自己回答
女巫的嘴唇一开一合
真诚的爱情
真诚的爱情错误百出
整个村庄是你的儿子

河流噢河
再美的爱情也不像花朵
人类的泪水养家糊口
人类的泪水中
鱼群像草一样生长
泪水噢河
整个村庄是我们的儿子
村民像牛一样撞进屋子，亲他的妻子

九盏灯（组诗）

1. 少年儿子怀孕

呕吐的儿子　低音的鼓
伏在海水深处

而离你身体更近
也就胀破了大地

一片草蛾
青草破了
他破在一个怀孕的花上

2. 月亮

海底下的大火，经过山谷中的月亮
经过十步以外的少女
风吹过月窟
少女在木柴上
每月一次，发现鲜血
海底下的大火咬着她的双腿
我看见远离大海的少女
脸上大火熊熊

八月的月窟同样大火熊熊
背负积水的少女走进痛苦的树林
那鲜血淋注的木柴排成的漆黑的树林

3. 初恋

在月亮上我双手捂住眼睛
在水滴中我双手捂住眼睛
月亮上一个丫头昏睡不醒
月亮上一个丫头明亮的眼睛
月亮上我披衣坐起　身如水滴

4. 失恋之夜

我轻轻走过去关上窗户
我的手扶着自己　像清风扶着空空的杯子
我摸黑坐下　询问自己
杯中幸福的阳光如今何在？

我脱下破旧的袜子
想一想明天的天气

我的名字躺在我身边
像我重逢的朋友
我从没有像今夜这样珍惜自己

谣曲（四首）

之一

你是我的哥哥你招一招手
你不是我的哥哥你走你的路

小灯，小灯，抬起他埋下的眼睛

你的树丛大而黑
你的辕马不安宁
你的嘴唇有野蜜
你是丈夫——还是兄弟

小灯，小灯，抬起他埋下的眼睛

你是我的哥哥你招一招手
你不是我的哥哥你走你的路

之二

白鸽，白鸽
扎好我的头巾
风吹着你们的身子
像吹我白色头巾

白鸽白鸽你别说
美丽的脑袋小太阳
到了黑夜变月亮
白鸽白鸽你别说

之三

南风吹木
吹出花果
我要亲你
花果咬破

之四

月亮月亮慢慢亮
照着一只木头床
河流河流快快流
渡过我的心头肉

白马过河一片白
黑马过河一片黑
这一条河流
总是心头的河流

白马过河是月圆
黑马过河是月残
这一只月亮
总是床头的月亮

给母亲（组诗）

1. 风

风很美　果实也美
小小的风很美
自然界的乳房也美

水很美　水啊
无人和你
说话的时刻很美

你家中破旧的门
遮住的贫穷很美

风　吹遍草原
马的骨头　绿了

　美丽在草原上，枕着鹿头

2. 泉水

泉水　泉水
生物的嘴唇
蓝色的母亲
用肉体
用野花的琴
盖住岩石
盖住骨头和酒杯

3. 云

母亲
老了，垂下白发
母亲你去休息吧
山坡上伏着安静的儿子
就像山腰安静的水
流着天空

我歌唱云朵
雨水的姐妹
美丽的求婚
我知道自己颂扬情侣的诗歌没有了用场

我歌唱云朵
我知道自己终究会幸福
和一切圣洁的人
相聚在天堂

4. 雪

妈妈又坐在家乡的矮凳子上想我
那一只凳子仿佛是我积雪的屋顶

妈妈的屋顶
明天早上
霞光万道
我要看到你
妈妈，妈妈
你面朝谷仓
脚踩黄昏
我知道你日见衰老

5. 语言和井

语言的本身
像母亲
总有话说，在河畔
在经验之河的两岸
在现象之河的两岸
花朵像柔美的妻子
倾听的耳朵和诗歌
长满一地
倾听受难的水

水落在远方

给你（组诗）

1.

在赤裸的高高的草原上
我相信这一切：
我的脚，一颗牝马的心
两道犁沟，大麦和露水
在那高高的草原上，白云浮动
我相信天才，耐心和长寿
我相信有人正慢慢地艰难地爱上我
别的人不会，除非是你
我俩一见钟情
在那高高的草原上
赤裸的草原上
我相信这一切
我相信我俩一见钟情

2.

我爱你
跑了很远的路
马睡在草上
月亮照着他的鼻子

3.

爱你的时刻
住在旧粮仓里
写诗在黄昏

我曾和你在一起
在黄昏中坐过
在黄色麦田的黄昏
在春天的黄昏
我该对你说些什么

黄昏是我的家乡
你是家乡静静生长的姑娘
你是在静静的情义中生长
没有一点声响
你一直走到我心上

4.

当她在北方草原摘花的时候
我的双手驶过南方水草
用十指拨开
寂寞的家门

她家木门下几个姐妹的脸
亲人的脸
像南方的雨
真正的雨水
落在我头上

5.

冬天的人
像神祇一样走来
因为我在冬天爱上了你

海　子　诗　选

你迎面走来，
冰消雪融

春天

你迎面走来
冰消雪融
你迎面走来
大地微微颤栗

大地微微颤栗
曾经饱经忧患
在这个节日里
你为什么更加惆怅

野花是一夜喜筵的酒杯
野花是一夜喜筵的新娘
野花是我包容新娘
的彩色屋顶

白雪抱你远去
全凭风声默默流逝
春天啊
春天是我的品质

野花

野花
和平与情歌
的村庄
女儿的女儿
野花

中国丁香的少女！
在林中酣睡
长发似水
容貌美丽无比
你是囚禁在一颗褐色星球上孤独的情人！

野兽的琴
各色小鸟秘密的隐衷
大地彩色的屋顶
太小太美
如心

心啊
雨和幸福
的女儿
水滴爱你
伴侣爱你
我爱你
野花自己也爱你

女孩子

她走来
断断续续地走来
洁净的脚印
沾满清凉的露水

她有些忧郁
望望用泥草筑起的房屋
望望父亲
她用双手分开黑发
一枝野樱花斜插着默默无语
另一枝送给了谁
却从没人问起

春天是风
秋天是月亮
在我感觉到时
她已去了另一个地方
那里雨后的篱笆像一条蓝色的
小溪

山楂树

今夜我不会遇见你
今夜我遇见了世上的一切
但不会遇见你

一棵夏季最后
火红的山楂树
像一辆高大女神的自行车
像一个女孩　畏惧群山
呆呆站在门口
她不会向我
跑来！

我走过黄昏
像风吹向远处的平原
我将在暮色中抱住一棵孤独的树干
山楂树！一闪而过　啊！山楂

我要在你火红的乳房下坐到天亮。
又小又美丽的山楂的乳房
在高大女神的自行车上
在农奴的手上
在夜晚就要熄灭

大自然

让我来告诉你
她是一位美丽结实的女子
蓝色小鱼是她的水罐
也是她脱下的服装
她会用肉体爱你
在民歌中久久地爱你

你上上下下瞧着
你有时摸到了她的身子
你坐在圆木头上亲她
每一片木叶都是她的嘴唇
但你看不见她
你仍然看不见她

她仍在远处爱着你

你的手

北方
拉着你的手
手
摘下手套
她们就是两盏小灯

我的肩膀
是两座旧房子
容纳了那么多
甚至容纳过夜晚
你的手
在他上面
把他们照亮

于是有了别后的早上
在晨光中
我端起一碗粥
想起隔山隔水的
北方
有两盏灯

只能远远地抚摸

月光

今夜美丽的月光　你看多好！
照着月光
饮水和盐的马
和声音

今夜美丽的月光　你看多美丽
羊群中　生命和死亡宁静的声音
我在倾听！

这是一支大地和水的歌谣，月光！

不要说　你是灯中之灯　月光！

不要说心中有一个地方
那是我一直不敢梦见的地方
不要问　桃子对桃花的珍藏
不要问　打麦大地　处女　桂花和村镇
今夜美丽的月光　你看多好！

不要说死亡的烛光何须倾倒
生命依然生长在忧愁的河水上
月光照着月光　月光普照
今夜美丽的月光合在一起流淌

灯诗

灯，从门窗向外生活
灯啊是我内心的春天向外生活
黑暗的蜜之女王
向外生活，"有这样一只美丽的手向外生活"

火种蔓延的灯啊
是我内心的春天一人放火
没有火光，没有火光烧坏家乡的门窗
春天也向外生长
度过炎炎大火的一颗火
却被秋天遍地丢弃
让白雪走在酒上享受生活

你是灯
是我胸脯上的黑夜之蜜
灯，怀抱着黑夜之心
烧坏我从前的生活和诗歌

灯，一手放火，一手享受生活
茫茫长夜从四方围拢
如一场黑色的大火
春天也向外生长
还给我自由，还给我黑暗的蜜、空虚的蜜
孤独一人的蜜
我宁愿在明媚的春光中默默死去
"有这样一只美丽的手在酒上生活"
要让白雪走在酒上享受生活

雨鞋

我的双脚在你之中
就像火走在柴中

雨鞋和羊和书一起塞进我的柜子
我自己被塞进相框，挂在故乡
那粘土和石头的房子，房子里用木生火
潮湿的木条上冒着烟
我把撕碎的诗稿和被雨打湿
改变了字迹的潮湿的书信
卷起来，这些灰色的信
我没有再读一遍
普希金将她们和拖鞋一起投进壁炉
我则把这些温暖的灰烬
把这些信塞进一双小雨鞋
让她们沉睡千年
梦见洪水和大雨

折梅

站在那里折梅花
山坡上的梅花
寂静的太平洋上一封信
寂静的太平洋上一人站在那里折梅花

折梅人在天上
天堂大雪纷纷　一人踏雪无痕
天堂和寂静的天山一样
大雪纷纷
站在那里折梅
亚洲，上帝的伞
上帝的斗篷，太平洋
太平洋上海水茫茫
上帝带给我一封信
是她写给我的信
我坐在茫茫太平洋上折梅，写信

献诗

废弃不用的地平线
为我在草原和雪山升起
脚下尘土黑暗而温暖
大地也将带给我天堂的雷电

家乡的屋顶下摆满了结婚的酒席
陪伴我的全是海水和尘土，全是乡亲
今天，太阳的新娘就是你
太平洋上唯一的人，远在他方

哭泣

哭泣——一朵乌黑的火焰
我要把你接进我的屋子
屋顶上有两位天使拥抱在一起
哭泣——我是湖面上最后一只天鹅
黑色的天鹅像我黑色的头发在湖水中燃烧
用你这黑色肉体的谷仓带走我
哭泣——一朵乌黑的新娘
我要把你放在我的床上
我的泪水中有对自己的哀伤

泪水

最后的山顶树叶渐红
群山似穷孩子的灰马和白马
在十月的最后一夜
倒在血泊中

在十月的最后一夜
穷孩子夜里提灯还家　泪流满面
一切死于中途　在远离故乡的小镇上
在十月的最后一夜

背靠酒馆白墙的那个人
问起家乡的豆子地里埋葬的人
在十月的最后一夜
问起白马和灰马为谁而死　　鲜血殷红

他们的主人是否提灯还家
秋天之魂是否陪伴着他
他们是否都是死人
都在阴间的道路上疯狂奔驰

是否此魂替我打开窗户
替我扔出一本破旧的诗集
在十月的最后一夜
我从此不再写你

海　子　诗　选

06

单翅鸟，

为什么要飞呢？

单翅鸟

单翅鸟为什么要飞呢
为什么
头朝着天地
躺着许多束朴素的光线

菩提，菩提想起
石头
那么多被天空磨平的面孔
都很陌生
堆积着世界的一半
摸摸周围
你就会拣起一块
砸碎另一块

单翅鸟为什么要飞呢
我为什么
喝下自己的影子
揪着头发作为翅膀
离开

也不知天黑了没有
穿过自己的手掌比穿过别人的墙壁还难
单翅鸟
为什么要飞呢

肥胖的花朵
喷出水
我眯着眼睛离开
居住了很久的心和世界

你们都不醒来
我为什么
为什么要飞呢

跳跃者

老鼻子橡树
夹住了我的蓝鞋子
我却是跳跃的
跳过榆钱儿
跳过鹅和麦子
一年跳过
十二间空屋子和一些花穗
从一口空气
跳进另一口空气
我是深刻的生命

我走过许多条路

我的袜子里装满了错误

日记本是红色的

是红色的流浪汉

脖子上写满了遗忘的姓名，跳吧

跳够了我就站住

站在山顶上沉默

沉默是山洞

沉默是山洞里一大桶黄金

沉默是因为爱情

我请求：雨

我请求熄灭
生铁的光、爱人的光和阳光
我请求下雨
我请求
在夜里死去

我请求在早上
你碰见
埋我的人

岁月的尘埃无边
秋天
我请求：
下一场雨
洗清我的骨头

我的眼睛合上
我请求：
雨
雨是一生过错
雨是悲欢离合

城里

面对棵棵绿树
坐着
一动不动
汽车声音响起在
脊背上
我这就想把我这
盖满落叶的旧外套
寄给这城里
任何一个人
这城里
有我的一份工资
有我的一份水
这城里
我爱着一个人
我爱着两只手
我爱着十只小鱼
跳进我的头发
我最爱煮熟的麦子
谁在这城里快活地走着
我就爱谁

村庄

村庄里住着
母亲和儿子
儿子静静地长大
母亲静静地注视

芦花丛中
村庄是一只白色的船
我妹妹叫芦花
我妹妹很美丽

秋天

秋天红色的膝盖
跪在地上
小花死在回家的路上
泪水打湿
鸽子的后脑勺

一位少年去摘苹果树上的灯

植物没有眼睛
挂着冬天的身份牌
一条干涸的河
是动物的最后情感

一位少年人去摘苹果树上的灯

我的眼睛
黑玻璃，白玻璃
证明不了什么
秋天一定在努力地忘记着
嘴唇吹灭很少的云朵

一位少年去摘苹果树上的灯

天鹅

夜里，我听见远处天鹅飞越桥梁的声音
我身体里的河水
呼应着她们

当她们飞越生日的泥土、黄昏的泥土
有一只天鹅受伤
其实只有美丽吹动的风才知道
她已受伤。她仍在飞行

而我身体里的河水却很沉重
就像房屋上挂着的门扇一样沉重
当她们飞过一座远方的桥梁
我不能用优美的飞行来呼应她们

当她们像大雪飞过墓地
大雪中却没有路通向我的房门
——身体没有门——只有手指
竖在墓地，如同十根冻伤的蜡烛

在我的泥土上
在生日的泥土上
有一只天鹅受伤
正如民歌手所唱

感动

早晨是一只花鹿
踩到我额上
世界多么好
山洞里的野花
顺着我的身子
一直烧到天亮
一直烧到洞外
世界多么好

而夜晚，那只花鹿
的主人，早已走入
土地深处，背靠树根
在转移一些
你根本无法看见的幸福
野花从地下
一直烧到地面

野花烧到你脸上
把你烧伤
世界多么好
早晨是山洞中
一只踩人的花鹿

肉体（之二）

肉体美丽
肉体是树林中
唯一活着的肉体
肉体美丽

肉体，远离其他的财宝
远离其他的神秘兄弟

肉体独自站立
看见了鸟和鱼

肉体睡在河水两岸
雨和森林的新娘
睡在河水两岸

垂着谷子的大地上
太阳和肉体
一升一落，照耀四方
像寂静的
节日的
财宝和村庄
照耀

只有肉体美丽

野花，太阳明亮的女儿
河川和忧愁的妻子
感激肉体来临
感激灵魂有所附丽
（肉体是野花的琴
盖住骨骼的酒杯）

感激我自己沉重的骨骼
也能做梦

肉体是河流的梦
肉体看见了采茴香的人迎着泉水

肉体美丽
肉体是树林中
唯一活着的肉体
死在树林里

迎着墓地
肉体美丽

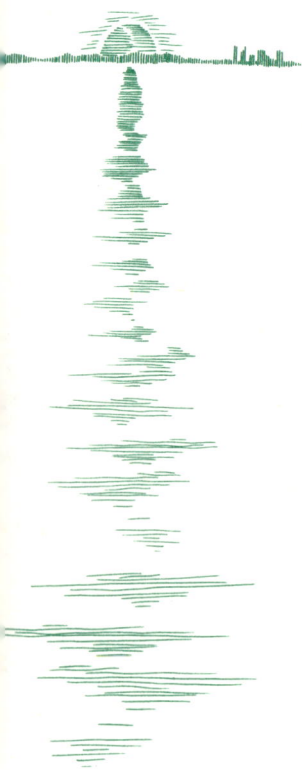

黎明：一首小诗

黎明
我挣脱
一只陶罐
或大地的边缘

我的双手　向着河流飞翔
我挣脱一只刻画麦穗的陶罐　太阳
我看见自己的面容　火焰
在黎明的风中飘忽不定

我看见自己的面容
火焰　像一片升上天空的大海
像静静的天马
向着河流飞翔

歌：阳光打在地上

阳光打在地上
并不见得
我的胸口在疼
疼又怎样
阳光打在地上

这地上
有人埋过羊骨
有人运过箱子、陶瓶和定石
有人见过牧猪人，那是长久的漂流之后
阳光打在地上，阳光依然打在地上

这地上
少女们多得好像
我真有这么多女儿
真的曾经这样幸福
用一根水勺子
用小豆、菠菜、油菜
把她们养大
阳光打在地上

九月

目击众神死亡的草原上野花一片
远在远方的风比远方更远
我的琴声呜咽　泪水全无
我把这远方的远归还草原
一个叫马头　一个叫马尾
我的琴声呜咽　泪水全无

远方只有在死亡中凝聚野花一片
明月如镜高悬草原映照千年岁月
我的琴声呜咽　泪水全无
只身打马过草原

诗集

诗集
珠宝的粪筐

母牛的眼睛把她的手搁在诗集上
忧伤的灯把她的手搁在诗集上

没有一棵树是我的
感觉之树因而叫唤

诗集，穷人的叮当作响的村庄
第一台酒柜抬入村庄

诗集，我嘴唇吹响的村庄
王的嘴唇做成的村庄

夜晚 亲爱的朋友

在什么树林，你酒瓶倒倾
你和泪饮酒，在什么树林，把亲人埋葬

在什么河岸，你最寂寞
搬进了空荡的房屋，你最寂寞，点亮灯火

什么季节，你最惆怅
放下了忙乱的箩筐
大地茫茫，河水流淌
是什么人掌灯，把你照亮

哪辆马车，载你而去，奔向远方
奔向远方，你去而不返，是哪辆马车

为什么你不生活在沙漠上

为什么你不生活在沙漠上
英雄的可怜而可爱的伴侣
我那唯一的人在何方？
用酒调着火所能留下的灰　写下几首诗？

我的形象开始上升
主宰着你的心灵！
孤独守候着
一个健康的声音！

绝望之神　你在何方？
为什么你不生活在沙漠上！
我是谁手里磨刀的石块？
我为何要把赤子带进海洋

海子躺在地上
天空上
海子的两朵云
说：

你要把事业留给兄弟　留给战友
你要把爱情留给姐妹　留给爱人
你要把孤独留给海子　留给自己

晨雨时光

小马在草坡上一跳一跳
这青色麦地晚风吹拂
在这个时刻　我没有想到
五盏灯竟会同时亮起

青麦地像马的仪态　随风吹拂
五盏灯竟会一盏一盏地熄灭

往后　雨会下到深夜　下到清晨
天色微明
山梁上定会空无一人

不能携上路程
当众人齐集河畔　高声歌唱生活
我定会孤独返回空无一人的山峦

石头的病（或八七年）

石头的病　疯狂的病

不可治疗的病

不会被理会的病

被大理石同伙

视为疾病的石头

可制造石斧

以及贫穷诗人的屋顶

让他不再漂泊　四海为家

让他在此处安家落户

此处我就是那颗生病的石头的心

让他住在你的屋顶下

鸟鸣清晨如幸福一生

石头的病　疯狂的病

石头打开自己的门户　长出房子和诗人

看见美丽的你

石头竞相生病

我身上一块又一块

全部生病——全变成了柔弱的心

不堪一击

从遍是石头的荒野中长出一位美丽女人
那是石头的疾病——万物的疾病
石头怎么会在荒野的黑暗中胀开
石头也会生病　长出鲜花和酒杯

如果石头健康
如果石头不再生病
他哪会开花
如果我也健康
如果我也不再生病
也就没有命运

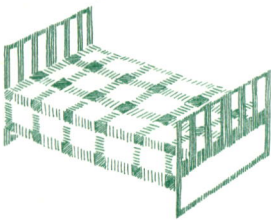

歌或哭

我把包袱埋在果树下
我是在马厩里歌唱
是在歌唱

木床上病中的亲属
我只为你歌唱
你坐在拖鞋上
像一只白羊默念拖着尾巴的
另一只白羊
你说你孤独
就像很久以前
长星照耀十三个州府
的那种孤独
你在夜里哭着
像一只木头一样哭着
像花色的土散着香气

夜色

在夜色中
我有三次受难：流浪、爱情、生存
我有三种幸福：诗歌、王位、太阳

春天，十个海子

春天，十个海子全部复活
在光明的景色中
嘲笑这一个野蛮而悲伤的海子
你这么长久地沉睡究竟为了什么？

春天，十个海子低低地怒吼
围着你和我跳舞，唱歌
扯乱你的黑头发，骑上你飞奔而去，尘土飞扬
你被劈开的疼痛在大地弥漫

在春天，野蛮而悲伤的海子
就剩下这一个，最后一个
这是一个黑夜的孩子，沉浸于冬天，倾心死亡
不能自拔，热爱着空虚而寒冷的乡村

那里的谷物高高堆起，遮住了窗户
他们把一半用于一家六口人的嘴，吃和胃
一半用于农业，他们自己的繁殖
大风从东刮到西，从北刮到南，无视黑夜和黎明
你所说的曙光究竟是什么意思

图书在版编目（CIP）数据

你来人间一趟，你要看看太阳 / 海子著 .— 长沙：
湖南文艺出版社，2019.3
ISBN 978-7-5404-8960-1

Ⅰ.①你… Ⅱ.①海… Ⅲ.①诗集—中国—当代
Ⅳ.① I227

中国版本图书馆 CIP 数据核字（2019）第 009931 号

上架建议：文学·诗歌

NI LAI RENJIAN YI TANG, NI YAO KANKAN TAIYANG

你来人间一趟，你要看看太阳

作　　者：海　子
出 版 人：曾赛丰
责任编辑：薛　健　刘诗哲
监　　制：于向勇　秦　青
策划编辑：张　卉
版权支持：刘子一
营销编辑：刘晓晨　刘　迪　初　晨
装帧设计：利　锐
内页插画：邵　旻
出版发行：湖南文艺出版社
　　　　　（长沙市雨花区东二环一段 508 号　邮编：410014）
网　　址：www.hnwy.net
印　　刷：三河市中晟雅豪印务有限公司
经　　销：新华书店
开　　本：875mm*1270mm　1/32
字　　数：163 千字
印　　张：7
版　　次：2019 年 3 月第 1 版
印　　次：2019 年 3 月第 1 次印刷
书　　号：ISBN 978-7-5404-8960-1
定　　价：42.00 元

若有质量问题，请致电质量监督电话：010-59096394
团购电话：010-59320018